W0298126

Elizabeth
Duval

EXÇEP-
CIÓN

Elizabeth
Duval

EXCEP-
CIÓN

PRÓLOGO
Rodrigo García Marina

EXCEPCIÓN

Elizabeth Duval

◆

Colección: Letra Bastarda, 2
Primera edición: enero 2020

◆

© 2020, de los poemas, Elizabeth Duval
por mediación de MB Agencia Literaria, S.L.
© 2020, del prólogo, Rodrigo García Marina
© 2020, de la cubierta, Juan Manuel Rodríguez
jmanuelrodriguez.com - @juanmanuelrodriguez
© 2020, de esta edición, Letra Versal

◆

Dirección editorial: Ángelo Néstore
Diseño y maquetación: Martín de Arriba
Corrección: Isabel Pérez Montalbán

◆

ISBN: 978-84-121526-1-6
THEMA: DC DCF
Depósito legal: MA 48-2020

◆

Impreso en España por Kadmos · *Printed in Spain*
Bajo el cuidado de Miguel Ángel Sánchez Cuello

◆

Todos los derechos reservados. La reproducción total o parcial de la obra, por cualquier medio, deberá tener el permiso previo por escrito de la editorial. Diríjase a CEDRO si necesita escanear o fotocopiar algún fragmento de esta obra.

◆

LETRA VERSAL
www.letraversal.com

à Hannah : voici un livre à l'odeur de lacrymo.

οὐ γάρ τί μοι Ζεὺς ἦν ὁ κηρύξας τάδε,
οὐδ' ἡ ξύνοικος τῶν κάτω θεῶν Δίκη
τοιούσδ' ἐν ἀνθρώποισιν ὥρισεν νόμους.
οὐδὲ σθένειν τοσοῦτον ᾠόμην τὰ σὰ
κηρύγμαθ', ὥστ' ἄγραπτα κἀσφαλῆ θεῶν
νόμιμα δύνασθαι θνητὸν ὄνθ' ὑπερδραμεῖν.
οὐ γάρ τι νῦν γε κἀχθές, ἀλλ' ἀεί ποτε
ζῇ ταῦτα, κοὐδεὶς οἶδεν ἐξ ὅτου 'φάνη.
τούτων ἐγὼ οὐκ ἔμελλον, ἀνδρὸς οὐδενὸς
φρόνημα δείσασ', ἐν θεοῖσι τὴν δίκην
δώσειν: θανουμένη γὰρ ἐξῄδη, τί δ' οὔ;
κεἰ μὴ σὺ προὐκήρυξας. εἰ δὲ τοῦ χρόνου
πρόσθεν θανοῦμαι, κέρδος αὔτ' ἐγὼ λέγω.
ὅστις γὰρ ἐν πολλοῖσιν ὡς ἐγὼ κακοῖς
ζῇ, πῶς ὅδ' Οὐχὶ κατθανὼν κέρδος φέρει;
οὕτως ἔμοιγε τοῦδε τοῦ μόρου τυχεῖν
παρ' οὐδὲν ἄλγος: ἀλλ' ἄν, εἰ τὸν ἐξ ἐμῆς
μητρὸς θανόντ' ἄθαπτον ἠνσχόμην νέκυν,
κείνοις ἂν ἤλγουν: τοῖσδε δ' οὐκ ἀλγύνομαι.
σοὶ δ' εἰ δοκῶ νῦν μῶρα δρῶσα τυγχάνειν,
σχεδόν τι μώρῳ μωρίαν ὀφλισκάνω.

Eli,

Cuando me preguntaste si quería escribir este prólogo estábamos en los mensajes directos del Twitter que es el barrio donde un día —no recuerdo la forma— una dio con la otra. No conozco casi ningún lugar en el que te instalas. Jamás he ido a tu casa de Alcalá, ni a tu habitación en París —la imagino diminuta— ni a la biblioteca de un sitio en no se qué parte de Extremadura donde hiciste el tránsito tan complejo de niña a neomujercita (te hiciste mayor muy pronto, como las moras agraces, conjeturo mientras tomo como mías aquellas palabras de Herta Müller «yo siempre fui vieja»). Es extraño estar en la vivencia, en los propósitos —en definitiva: en el lenguaje— de alguien sin haber visitado ninguna de sus casas. Hemos nacido a la orilla de un milenio donde tanta gente ha interpuesto su esperanza para evitar una tal fractura de mundo y, de repente, ya no existe siquiera la prórroga del relato (los posmodernos nos lloran, como fallados de sí, cuando se entiende por prórroga aquello que se cede antes de que el partido —el simulacro de la batalla— termine). Parecía que estábamos destinadas a ello, que alcanzaríamos los textos de Preciado con otra sensibilidad, una religiosamente revelada o más o menos así se rezó: «a partir del 2000 el sentir será otro». Y, sin embargo, qué cosas, las cuestiones fundamentales siguen siendo las mismas o lo que es peor, siguen sucediéndose desde la misma fase modálica. Se cercena la forma y, sin embargo, sigue todo siendo tan mismo. Esto también debe ser la nostalgia.

Me preguntaste si iba a escribir este prólogo y no me lo pensé, antes de responder sabía que lo enviaría tarde. Vivíamos lejos cuando empezaste a dar entrevistas (realmente ya las habías concedido desde tiempo atrás, hace poco acabé un reportaje donde una Eli muy joven hablaba de su pansexualidad, quizá otra muestra de lo fragmentario en el sujeto). Llegas/bas a los sitios a través de la forma, esto es importante. Sabes desde hace mucho que el dispositivo tan solo estalla en su interior, que la física de la explosión se dirige desde un centro hasta un margen donde la onda termina por desaparecer. Conoces lo terrorista de habitar el espacio temporalmente cedido. He visto en una misma noche a tu cabeza transitar del estallido entusiasta al detenimiento —es en la mirada que se pierde más allá de lo hablado— en la tristeza más absoluta, la que nunca se comparte. Quería decirte en este prólogo, Eli, que siento de corazón las veces que no puedes fundir tu lenguaje en la precisión del Otro. Que ese centro, sobre el que todo gravita, de repente hoy causa el inicio del que puede ser el tercer conflicto mundial. ¿Pero tú has visto cuántos centros coexisten en el hecho de llamar mundial a algo porque participan economías relevantes? ¿Cuánto dinero genera la sangre derramada en el campo de batalla? Es decir, ¿cuál es el cociente exacto cadáver/billete para hacernos creer que realmente merece la pena? Tiene que hacerlo, ¡dinero, digo, tiene que hacer dinero! si no, qué llevaría a la utopía exterminadora. He empleado la palabra correcta: «utopía», y no distopía porque está claro que todo el deseo se vuelca sobre la guerra. Pienso en el Atemschaukel que presenció Oskar Pastior en los campos de concentración de los Urales. Cómo el hálito exterminador se llevaba los cuerpos que cargaban, sin palabras, su hambre y su frío. En los límites del relato siempre ha quedado —no sabemos bien por qué— la poesía. Evidentemente no todas las poesías pero sí, Eli, en las que nosotras nos reconocimos. Me he dado cuenta cómo formalmente los medios han querido elaborarte para su cadena de producción cultural —te lo confesé hartas de vino—, confrontándote en la fiesta de Caballo de Troya todas las posibles trampas, todos los posibles gestos que deberíamos preguntarnos si realmente nos podemos permitir. El mismo día que me he dado cuenta que no conozco tu deathname, escribo sobre la fetichización mediática de lo trans que sufre/sufrirá tu cuerpo. Un cuerpo que no conozco de otro modo: su totalidad, su plenitud siempre fue ser ése. Y aunque suceda el hambre de las bocas editoriales y periodísticas por contener lo que consideran la excepción de tu forma, sigo sin saber cómo te llamabas antes de. Si quiera pienso con sinceridad que haya habido un antes de ti, Eli. Te construyo en mi memoria y no obtengo otra cosa que tu contemporaneidad acelerada. No puedo alcanzarte desde la exclusiva. A veces pienso, cuando te he visto —también imaginado— con la mirada perdida en un punto ajeno al after mientras un hombre no para de hablar sobre «lo mierdas que son tal grupo indie y lo bien que suena tal cosa y lo mal que se prepara la carne en Suecia», que para ti nunca fue una singularidad aquello del tránsito, quisiera reconocer la diferencia de la no neurotipia que impone la ficción carcelaria de la conciencia cada vez que, quizá, quisieras hablar con alguien sobre el fuego.

Pero no tenemos el fuego
abrimos las manos
ponemos el cuerpo frente al dispositivo de
la porra la polla la puta lo poco que
nos queda para conocer el primer fuego, Eli
el que hizo un bisonte sobre la gruta
y permitió la historia velada en la boca del que cruzó
                    la melodía
tanto cruzó la muy loca que todo
todo lo heredaría la que encerrada   en Tordesillas
«y la encierran en su cámara que no tiene luz ninguna»
que no tiene ninguna luz   [Catalina de Austria
imagina que toda luz se extingue   ]
          nadie imagina
          el fuego o el fuego
ha consumido todo y ya no
pero cuando «es de noche
en esta viva fuente que deseo»
entonces el aljibe desde donde gamitan
               todos nuestrxs amantes

porque sí gamitan y gorjean y fulguran y aúllan
y ojalá que
             pero las piradas no
                        pero no

no tenemos el fuego
si pudieran vernos arder   eternamente
si Teresa de Jesús hubiera dicho:
justo esto es masturbarse   mientras escribía aquello de
«así como en el cielo hay muchas moradas»
cuántas veces quiebra el lenguaje   Santa Teresa se
en la barricada hay un tropiezo   soba el santo coño
también el lenguaje se fractura ya ves
                                 mal en
                                 tendido

en el suelo un cuerpo sin nombre
es Asterión su casa que como todo eco
todo eco todo eco es cualquier
sonido
y no queda otro sonido
que la ecolalia es Asterión
el que desconoce
su nombre propio
pues no queda la referencia
la categoría necesaria para desear verlo
todo —repito— verlo todo
arder.

Hace falta algo más poderoso que la esperanza o la barricada para transgredir la línea del relato. Hace falta del deseo por reunirse, por encontrar la cooficialidad de la neoperformance —una de cuerpo no dado, no representado, no captable—, para entender que todo el mundo repite «fuego» pero nadie habla sobre el mismo fuego. El Estado de excepción que impones, el de las demandas que oculta el acudir a la mani de la mano, no escribir sobre lo escrito, no conceder pausa; en fin, bien me recuerda a aquella noche aceleracionista apilada en su contradicción de ser lo de siempre bajo la posibilidad de mostrarnos otras. Estaría en la misma sala Ballesta reunidas las xenofeministas, los teóricos del trap, los maricones ecomarxistas, Pili la ravera, editores, sadbois, fuckbois, babosos y keteros; bailando por la vida o desde la vida o ante la vida o para la vida. El mismo rito que acepta descomponer lo poco que queda del yo, la extraña inoperancia de terminar la frase: «oh sena acaso te he pedido yo nunca nada?».

No podemos darte eso que nos vas a pedir
porque «se sabe que el hielo no es piel».

Pero tú no conoces la distancia. Tú no quieres un final acomodaticio como Despentes imaginando un futuro sobre el futuro texto que se aproxima, que futurabilizará la versión de sí. Tú no deseas la dialéctica del sesenta y nueve. Cada vez que me presto a imaginar un futuro, ya te escapas, ya prohíbes la escritura en un libro. Yo no sé cómo serán les niñes del 2030, siquiera si habrá posibilidad de engendrarles. Tampoco sé cómo serán tus libros en 2030, cómo se especificará el amor o se acotará un cita obsoleta de Rosalía. Lo que sí alcanzo a visionar es tu apartamento: un avión que cruza la línea. Desde donde piensas la ternura en la trinchera, la contradicción de aceleradamente ralentizarlo todo. Transitando la luminosidad del cielo acuhillado con los subproductos de cada uno de los motores que viste un Airbus A380. Tan solo si Cristobal Colón hubiera tomado el camino equivocado. O si el ozono fuera sencillamente fabricable. O si las torres —cada una de las torres levantadas— cayeran, entonces, insisto, qué sería verlo todo arder.

RODRIGO GARCÍA MARINA

I

La rosa florecerá en fragmentos audiovisuales

octubre es el mes de los principios, castigando
intacta emoción nefelibata, soñando
restauraciones ejemplares y absolutas, otorgando
al ser humano el fuego equivalente a las aves

al deseo a la nada al deseo

de la legitimidad democrática: elija
usted entre dos poemas

primer vuelo transavia detrás de una puerta
06:00 TO 3500 E llega alguien una persona
puntual y hay que hacer enciende el primer
un transbordo de bus en 10 minutos fuego del
obedeciendo a los designios mundo: todos,
de la unión europea absolutamente todos, estamos
se llama heraklion *es decir* radicalmente
heráclito [interpretación arbitraria] *es decir* de
si fuéramos acuerdo en que *hay que celebrarlo.*
profundos diríamos tenemos
una metáfora del eterno nuestros motivos,
movimiento si no fuera no dudamos: de
una lectura errónea inmediato comenzamos
de platón y la a organizar la fiesta, no, mejor,
ordenación en aeropuertos el jolgorio o simposio,
tan perfecta qué más da. alrededor del primer
no hay clinamen *no* fuego la ordenación de las
lo ves partículas despierta. alrededor del
el salón de los aeropuertos primer fuego
perdidos seleccionamos arbitrariamente fragmentos
es decir, una noche perfecta: audiovisuales que
llueve descomponer y alrededor del primer

ya está ahí se acaba fuego del mundo en la
la perfección de la noche primera noche del mundo
la lluvia constituye los límites se inicia
de la perfección de la noche la descomposición de la
la lluvia escribe noche más perfecta de
los márgenes la noche más impune de la noche más
y llueve indigna
y golpea y nadie lo apaga
dentro de un avión en un vuelo transavia el proceso
a las seis de la mañana van de montaje, dice
todas estas personas que corren un riesgo alguien,
infinitamente menor de morir en alguna parte,
que en otras es un acto de inmensa crueldad.
circunstancias vitales es el acto más cruel
los aeropuertos son un momento que un humano
de pausa contemplativa es decir sobre la
en los aeropuertos tierra o en cualquier parte
puédese pensar en cualquier mundo puede
en tanto ejercer. es un corte radical y
diálogo un ejercicio de ultraviolencia, el
diálogo proceso de montaje, y ya no
platónico es el momento, porque el momento ya
diálogo pasó, de analizar esas nociones.
heraclítico detrás de una puerta alguien
en los aeropuertos y no importa
se puede escribir una novela cómo lo categoricemos
pero sólo si llueve ha encendido
dentro del aeropuerto el primer fuego del tiempo
si no llueve y la única pregunta es
no es decir si entre nosotros alguien
toda la gente acostada traicionará,
escribe una novela o se atreverá a apagarlo:
si pasan la noche en el aeropuerto: si no *no*

oh la Ciudad Condal[1]

bajo la niebla roja de una rosa de una rosa de de de una rosa
una aglomeración circula por las vías de Sants, son tantas [un golpe de]
no creía que las vías se la iban a comer[2], son tantas
las cosas de las cuales hacer una lista como
una aglomeración que circula por las vías de Sants, pero
desde la distancia no puedo observar esta aglomeración
no es ni fenómeno no es ni fenómeno sólo hay noúmeno
sólo hay noúmeno [una tirada del noúmeno no abolirá nunca la realidad]
en esta ciudad todas
            las palabras en su totalidad
                        de las palabras que son todas
                        de aquello que es y que no es
                        en esta ciudad en todas
            para que algo así permanezca

la descomposición prepalábrica fonema
            o la construcción cotru cocción
                        no pueden ser sin ser sin parte
                        nada, amor, es accidental:
                        posdestinación
                        (aparece) el accidente   *así, solita*
                        integrando la posibilidad de las vías de Sants

---

1 *Fourmillante cité, cité pleine de [CRS] / Où le [mosso] en plein jour raccroche le passant*

2 *si lunga tratta / di gente, ch'io non avrei mai creduto / che [sentencia] tanta n'avesse [dis]fatta.*

que yo te ame no es posible es...
palabra
y todo en esta inmensa unión universal
todo en este inmenso sintagma del mundo
en esta gran y autónoma noche de la
ciudad
donde conocer todas las cosas
(en la naturaleza del objeto)
está al alcance
pero sin nuevos deseos: anhedonia
sin nuevos sujetos: asfixia
autoasfixia autoerótica
y que sólo quede la rosa rosa rosa
la duna rosa rosa rosa de una rosa rosa rosa de una
rosa rosa roja rosa roja rosa roja
oh en la Ciudad Condal en esta noche
una persona enciende el primer fuego
que abrirá cada una de las historias del mundo
y la única pregunta es si entre nosotros alguien
formulará la última pregunta, nos traicionará
o se atreverá a apagarlo:
¡rosa! ¡rosa! ¿florecerás este año[3]? ¡ladra! ¡ladra!
nadie escribe para nadie nadie enciende
para nadie nadie arde nadie arde nada pasa.

---

3 Nota de contextualización: 260 a,C.

II

Todos los fuegos anteriores

imaginemos ardiendo todos los poemas
de la historia alargada de la literatura
imaginemos las fallas y los fuegos
artificiales detrás de sus pantallas
la ontología negativa[1] no será televisada
es un proceso inherentemente PAM / violento y beligerante cual PAM / virtualidad hiperconstruida reconstituyente PAM / las hojas de ceniza no PAM / cubrirán de flores las calles PAM / las velas de cristal las didascalias no agitarán PAM / ni siquiera el más inocente PAM / PAM / PAM / de los aires
el poema participa, así, de la forma
de una metralleta, tirolina o
una catapulta *un instrumento militar utilizado hoy*
para el lanzamiento a distancia
de versos a modo de proyectiles:

no hay democracia fuera del estado
de derecho
llevada a sus últimas consecuencias
esa obcecada prevalencia

no hay nervios fuera del estado
de derecho
donde los hombres muertos en
su obcecada prevalencia

no hay silencio fuera del estado
de derecho
sin sus señorías tan elegantes
tan inteligentes O O O O

---

1 *at the core of every [revolution] there is a contradiction.*

rápido rápido filtra la sentencia
rápido rápido filtra la sentencia
rápido rápido filtra la sentencia
rápido rápido filtra la sentencia:

todo un pueblo condenado
¡ladra! ¡ladra!
oh en la Ciudad Condal
esta noche ladra exclusivamente
el pueblo de la *pax romana*
somos gente de *pax romana*
somos *servus currens*[2], cariño,
y esta noche ladran exclusivamente
las nupcias

E S T O E S U N A B A R R I C A D A D E P A L A B R
L A A U T O R A P A R A Q U E N O S I G A E S C R I
B A R R I C A D A D E P A L A B R A S Q U E S E E N
E S U N A B A R R I C A D A D E P A L A B R A S Q U
F R E N T E A L A L E C T O R A P A R A Q U E N O
E S T E P O E M A S E A C A B A R Á C U A N D O S
E L M U N D O M U Y P R O N T O E S T E P O E M A
N O S I G U E P O R A H Í S I N O Q U E
H A B L A D E L A S C O S A S
D E L O T R O L A D O   D E
I G N O R A N T E S   N O C I Ó N
A G I T A D A S   P R E P A R A D O
¿ S A B E S ?   A Q U Í S E S I T Ú A T O D O

2 En la variación que involucre al tipo de parásito.

ASQUELEVANTAELPOEMAFRENTEA
BIENDOESTEPOEMAESTOESUN ¿?
CIENDEYPRENDEFUEGOESTO AS
ELEVANTAELPOEMA COS
SIGALEYENDO RTANTAS
EACABE DEBENESCRIBI
OBSTANTEQUENOSE
DELASCOSASPERODIRÉNO
PROSIGOENESTAEXAMINACIÓN
SCONTROLADODELAVIOLENCIAYO
DEULTRAVIOLENCIAOMONOPOLIO
PARAELMAYORDELOSATAQUESESLA
ELCUERPODELAPOLICÍANACIONAL

apertura del texto *bang! bang!*
ta ta buenas noches buenas noches
buenas noches: *ven aquí yo sé que estás cansada*
las calles de l'eixample se te quedan pequeñas
déjame abrasarte
tiernamente y calla
que es muy tarde, amor, ya tarde y sin sentido
coloca la cabeza
sobre el papel higiénico y deja que mi porra
expulse a los fantasmas
que te votan y te espantan
cierra los ojos que ya yo vigilo como institución
penitenciaria como panóptico como castigo desde aquí
duerme tranquila y dime buenas noches
deja que te lleve en brazos la ambulancia
acuéstate a mi vera, sabes que no estás sola
mientras arde en la otra calle buenas noches
por el balcón la rosa te aguarda y sé que te lanza un beso
es la única luna llena del año y nada tiene importancia
hasta mañana cuando rompan las terminales
y de golpe te acaricie la paz, el amor, la goma
duerme tranquila y dime buenas noches
deja que te lleve en brazos la ambulancia
acuéstate a mi vera, sabes que no estás sola
mientras arde en la otra calle buenas noches
ta ta buenas noches buenas noches buenas noches
buenas noches

y si llueve, nos regocijaremos de que
llueva sobre mojado
como tantas otras veces: reproduce un gif de la lluvia en
la story de instagram de la violencia.

III

Estado de alarma de excepción de sitio

también el hombre
es fuego y noche,
y el percibir tiene lugar
de lo mismo por lo mismo:
el hombre percibe
el fuego en cuanto
que el hombre mismo
es fuego,
(no-)percibe la noche
en cuanto que él mismo es noche;
porque el fuego
es la claridad, lo visible,
y la noche es lo impenetrable,
la oscuridad,
y en toda percepción
hay ambas cosas;
que el muerto no siente la luz
y el calor y el sonido, ...,
pero siente el frío
y el silencio
y los (demás)
contrarios

el ejercicio obsceno de la
violencia en cada una de sus
posibles variaciones
está aquí presente:
porque la violencia ha sido
aquí convocada, y las
ramas del árbol
de la tarde, en su
reflejo, si se encuentran,
nos llevan
o deben
llevarnos:
no habrá
dos cuerpos,
sino que sólo
habrá un cuerpo.
después,
después de todo,
sólo uno
de entre todos los cuerpos
puede permanecer
tan impoluto.

el jardín del edén de la democracia representativa
no admite corrupciones posibles. el fruto
de las ramas del árbol de la tarde es el fruto
que no admite corrupciones posibles. imaginemos
que debajo de cada uno de los adoquines
se esconde una playa inmensa, y cojamos
un permiso anual retribuido de siete días, como queda

contemplado en el artículo 56[1]: volvamos
a tiempos mejores.

acaso caminaba yo por tiempos mejores, mediterráneo?
acaso caminaba yo por tiempos mejores, oh sena?
oh dulce agua de millones de muertos: empápame
dulcemente en el concepto, pues sabemos
que a eso llamamos dormir: empápame hasta que acabe
mi canción. empápame hasta que acabemos de entonar
todos nosotros la gloriosa melodía:

oh en la Ciudad Condal
esta noche ladra exclusivamente
el pueblo de la *pax romana*

pero el pueblo siente el frío y el silencio
y yo he visto a todos los cachorros amamantados siendo
radicalmente vulnerados en su *Φυσις*
yo he sido testigo, también, de la pulcritud a media
distancia
y de los cortes tan limpios que efectúan.
yo he armado, o voy a armar, en esta página
una segunda barricada:

1 *Il a vaincu l'Enfer et rentre sous sa tente / Avec un [pollo] à son bras puéril, / Avec [el] [turulo] qui perça le Flanc suprème ! / Il a guéri le roi, le voici roi lui-même, / Et prêtre [de la] très [sainte] [Constitución] essentiel[le].*

Q U E N O S E R Á O T R A C O S A Q U E L A R E P E T I
C I Ó N D E L A P R I M E R A A T R A V É S D E L A S P A
L A B R A S Q U E N O S E R Á O T R A C O S A Q U E U
N A C O P I A D E L A C O P I A Q U E N O S E R Á O T R A
C O S A Q U E U N S U C E D Á N E O Q U E N O S E R Á O
T R A C O S A Q U E L A S L L A M A S Q U E N O S E R Á O
T R A C O S A Q U E R O S E N O Q U E A R D E O T R O
R A C O M O A R D I E R O N C O S T I L L A S C O M O A R
D I E R O N C R Á N E O S C O M O A R D I E R O N L O
S O J O S C O M O A R D E N L A S C U E N C A S Q U E
N O S O N O N O P U E D E N S E R O N O F U E R O N
N U N C A O T R A C O S A Y O H E V I S T O C A D A U
N O D E L O S T E N T Á C U L O S D E L P O E T A E S C R I
B I E N D O Y Y O H E V I S T O C A D A U N A D E L A S
P A L A B R A S Q U E D E C I M O S Y A N U N C I A M O S
C O M O S I L A S P A L A B R A S Q U E Y O H E V I S T O
como si, etimológicamente,
las palabras tuvieran
un significado natural
según el cual se rige
el orden puro de las cosas:
como si las palabras no fueran,
en todos los casos, contingencia,
la más limpia de las contingencias,
la más aséptica

oh sena acaso te he pedido yo nunca nada?
oh mediterráneo acaso te he pedido yo nunca nada?
oh masa de agua dime si yo alguna vez he solicitado tus servicios o
he implorado que la voz del poeta y la voz del mar sean una misma cosa

yo no he querido nada: yo   no   he   deseado

he llegado a comprender la potencialidad de los discursos
y me ha
decepcionado tanto la madurez que, en fin, en definitiva,
he llegado
a resignarme: me he dicho

rechacemos
[el
[futuro
como tiempo verbal.
CANCELADO

RECHACEMOS
[EL
[FUTURO
COMO TIEMPO POSIBLE.
finiquitado

c'est fini it's over ya está: *stop* no prosiga
ya está *stop* la lectura
ya está *stop stop stop*
pa pa pa   PUM ka PUM ka
PUM ka PUM suave melodía
PUM ka PUM ka PUM *Liebesbotschaft, S. 560/10*[2] me he
dicho:
cambiemos radicalmente de texto
yo me dije ante toda la historia de la literatura
yo puedo hacerlo major

---

2   *a lo mejor somos mejores poetas cuando gobierna la derecha*

ven a por mí

y con sólo decirte que pienso mucho últimamente
en los límites de la democracia representativa
ven a por mí

y si me siento dócil y sumisa esperando la llegada
del lector que me someta a su lectura
ven a por mí

PUM ka pum ka pum pum pum ka PUM

hay fuego cruzado
en el poema como si pum ka pum
la poesía
fuera haciendo retroceder pum
pum ka pum ka
a las fuerzas
y cuerpos de seguridad ka
pum kaka pum
haciendo retroceder
las lecturas del mundo
pum ka pum
las posibles
interpretaciones
pum ka
irreducibles
pum

ÚLTIMA HORA: La Audiencia Nacional investiga por indicios de terrorismo a *Excepción,* a su autora y a su editora. pum pum ka pum ka pum
ka pum pum ka pum ka ka
ka pum ka pum pum ka pum pum
ka ka pum pum pum ka pum pum pum

A PARTIR DE AQUÍ ES CÓDIGO MORSE:
kakakapum ka pumka kaka kakapum *pum ka ka*
pumpumkapum kakapum *pumka kakaka / pum*
kapum kakaka pumpumpum *pumpum pum*
kapumkaka *pumpumkakapumpum pumpumka*
ka pumka pum *ka pumka kakapumka kaka*
pumkaka ka *pum pumpumpum pumka*
kapumpumka *kapum kakapum kapumkapumka*
pumpumka *kaka kapumkaka ka pum*
kapumkapumka

ese policía me parece igual a los dioses,
aquel que te observa sentada
y te escucha de cerca
coreando dulcemente

y siendo aporreada, lo cual
hace a mi corazón retorcerse en mi pecho;
pues cuando te miro, incluso un instante,
de golpe me es imposible hablar,

como si me hubieran roto la lengua
o las piernas

o las costillas
como si hubiera perdido un ojo
o la lengua
o la inocencia

oh vías del tren acaso yo he sugerido siquiera
la posibilidad cualquier día
de abalanzarme sobre vosotras, o bien encender
el primer fuego de la humanidad?
nada se enciende.
entre los sucesos del martes y aquellos del martes cruza
la intempestiva presencia d'una figura poética,
d'una versificación concreta:
la duna rosa rosa rosa cruza, también, el poema;
hasta acabarse aquí:
        ueialala leia
        ulayala leialala
y sus torres de cristal:
        ueialala leia
        ulayala leialala
promulguemos el consentimiento;
promulguemos la ontología o la mayéutica de
todas las palabras mayúsculas;
promulguemos que es a través de la experiencia que
el lector debe descubrir las verdades del poema,
suponiendo
que los versos se muevan como moverse debe
o puede un cuerpo;
promulguemos el horizonte de irresponsabilidad
donde las palabras,   como balas   perdidas,

acaben tragándose;
donde cada uno de los tiros, en extrañas
líneas infinitas, regularizadas;
blanquecinas torres:
más allá de la ronda de dalt, en la salida once, qué fuego
en la AP-7?

y hasta alejandría fui yo una vez poeta neotérica

ardiendo ardiendo ardiendo[3]
oh ozono persigna mis costillas
oh ozono persigna

ardiendo

3 *el ojo… en llamas […] con el fuego de la pasión con el fuego del odio con el fuego de*

IV

La ciudad negativista

aunque hoy hablaran todos los cuerpos muertos[1],
si no tienen amor, no soy nada:
hay que decir que al preso[2]
lo mueve un profundo sentimiento de amor[3].
                              un pasaporte europeo recoge
entre susurros los desperfectos europeos.
como se elevan y caen
los gobiernos se elevarán las elecciones,
y a nivel municipal
sentirá la belleza el remolino.
                              juez o parte,
que impulsas desde la retransmisión
el valle de josafat (o d'arán),
piensa en los cuerpos, otrora húmedos impolutos
inocentes, como vos[4].

---

1 *Cierto es.*

2 *Sin lugar a dudas.*

3 *¿Y entonces?*

4 *Igual que el alma, muchas veces, es como un libro.*

V

Palabras perdidas en el naufragio

después de las campanas que resuenan en gràcia
después de la catalepsia en la catacresis
después del platillo que retiñe en las plazas
el autófago y las cántigas de santa maría[1]
represión y plaza y epizeuxis
del naufragio de los otoños
por encima de lacrimógenos distantes
aquel que vivía ahora muerto
nosotros que vivíamos ahora muriendo
y la urgencia al escribir

todas mis exes son putas qué sueño
            [aplausos] y no hay agua[2] [+aplausos]
diversos casos de uso excesivo de la fuerza
incluyendo un uso inapropiado e injustificado de bastones
no para caminar sino para lo que se usan los bastones
[aplausos] héroes como variaciones de una misma
forma de la violencia: si hubiera fuente
deberíamos pararnos y
bañarnos desnudos en la barceloneta
sabías que es necesario destruir alguna cosa?
            he escuchado esto y me han dado un premio
nobel de literatura[3]
une figure bien définie (Gestalten) du conflict (Kampf),
como en la noche dichosa:
ni siquiera hay silencio en las manis,
sino secas y estériles palabras sin potencialidades

---

1 *ÉL ME LLAMA SANTA SANTA MARÍA porque guardo tremendo silencio en relación con la cuestión en este poema tratada como el primer día*

2 *la cultura no debe hablar de los aplausos*

3 *el premio nacional de narrativa*

ni siquiera hay soledad en las manis,
sino un tinder ilimitado por instagram potencial de encuentros posibles
de la erótica de la revolución o polierótica policial de la policía y la *polis* encendida
                                        si hubiera fuente
y no *[citation needed]*
si hubiera *pavé*
y también fuente
y fuente un otoño
una playa entre *pavés*
y tan sólo el sonido de la fuente
entre un millón de concatenaciones floreciendo,
la promesa de un ecosocialismo decrecentista
y también igual
ploc ploc glu glu ploc glu glu glu glu glu
un nuevo acuerdo verde y democrático un pacto social el contrato social   la renta básica universal
                                        garantizada sin trabajo
pero no hay fuente   y nadie cita estos estudios
dirán historiadores,   dirá hesíodo   *opera et diez*
estarán hesíodo-λ y hesíodo-L[4] pidiendo *déjame ser otra cosa que no sea un cuerpo*
dime quiénes   son todos estos encapuchados
dime quiénes son los anarquistas italianos franceses los sujetos abyectos in
identificables que nosotros mismos
dime cuál es la ciudad que detrás de la transición modélica
se quiebra y reforma y estalla entre una cosa no negra no

---

4 *hay una diferencia de más o menos 300 años, pero la datación es discutida*

negra apenas gris
entre sus torres
cayendo las torres
sus torres cayendo
las torres cayendo cayendo
jerusalén atenas alejandría viena londres
nueva york parís barcelona las
condal torres

es una alegría ver en el centro del poema
la ruta de la seda
desposeída por ~~*marco polo*~~ de las que estamos
cristobal colón tomadas quienes
pernoctamos, a veces
me encantaría estar allí, lo otro era un *ennui existencial*
la violencia es la de quienes en una plaza de
toros abandonada implantan un meadero para los
canes pero no dejan que entren los canes sino que
representan y participan de la idea de los canes: son
animales violentos ante los cuales sólo cabe
el BDSM o alguna de las dos posiciones de
la dialéctica
del kamasutra o del amo y el esclavo
en fin: *guau! guau! guau!* ladran todos
menos el pueblo
la democracia es una patraña de la
democracia. de la *pax romana*

estarán hesíodo-λ y hesíodo-L pidiendo
nuevas elecciones constituyentes
en este decadente agujero entre las fábricas
la rehabilitación ecológica de casas abandonadas

no será televisada
y habrá una capilla vacía, hogar tan sólo del viento,
sin ventanas, donde una voz dirá: *venid, que somos pueblo,*
y después risas y
aquí paz y, posteriormente, en algún punto, gloria
arriesgo mi ser hasta el final:

en el féretro del océano tranquilas caminan las palomas
y el mar y el mar y el mar y el mar y el mar y el mar
y mi silencio!
cielo cariño escúchame a mí y no a mi silencio!
zenón! zenón! zenón!
condenándonos a una inferioridad en nuestro ser frente
a aquellos que viven para morir
en el mar en el mar en el mar en el mar en el mar en el mar
de alguna manera tendremos que distinguirnos:
la enorme violencia del
movimiento de los brazos
si existiera zenón! zenón! zenón!
aseguro que hoy zenón de elea no sería anarquista
ni ganaría el premio nacional de narrativa

vamos a construir toda una civilización
empleando miles de cadáveres como cimientos
haremos de este poema una oda a la obediencia
haremos de todos los poemas un elogio
de la sumisión
diremos, al final, de la poética contemporánea
que todo puede ser conceptualizado y asumido bajo los
sistemas representativos
de las democracias liberales:
vosotros, todavía jóvenes, lo que buscáis

es un Amo es un Amo es un Amo es un Amo
es un *te quiero* es un *sí*
aquello que todos buscamos no es más que un
sí. Poi s'ascose— Oh, casi
es un *sí* es un voto es una urna es un *te quiero* es un *sí*
(pues todavía somos jóvenes)
y poco nos importan aún las proyecciones del futuro, y
poco nos importan
las proyecciones del presente: santifique dios este
cuerpo poético
(dios minúscula)
santifiquemos santifiquemos إن شاء الله

reconstruyamos إن شاء الله reconstruyamos إن شاء الله
reconstruyamos إن شاء الله
seré yo finalmente la promesa de la democracia
representativa
seré yo finalmente todas las promesas
y la obediencia
y el freno y la aceleración
seré yo todas las cosas, temeraria, célibe,
incelestial, seré yo todas las cosas
y seré la supremacía:
diremos finalmente
la paz es el silencio la paz es el silencio la paz es el silencio
y la poesía el género más cruel.

Anexo 1

Sobre leer libros en la nueva década

Reinvidicamos que, en la Declaración Universal de los Derechos Humanos, proclamada por la Asamblea General de las Naciones Unidas en París, el 10 de diciembre de 1948 en su Resolución 217 A (III), no queda recogido el derecho a la escritura, publicación, edición, distribución, venta o lectura de libro alguno.

así bien:

[algunas nociones para la estética del siglo veintiuno]

هلل اءاش نإ

El autor no tiene derecho a escribir un libro partiendo de la base de que el susodicho será leído. Esta presunción o responsabilidad que se exige del lector es injusta: la atención del lector no es indivisible, sino que se encontrará dispersa en una multitud de factores, véase qué sucede si mientras se lee uno de estos poemas concebidos como un todo salta súbitamente una notificación o un *me gusta* o algo así de una red social y no le diré yo a usted lector que mientras escribía no me haya sucedido lo mismo (¡cuántas veces habrase interrumpido una secuencia por culpa de un mensaje directo o, incluso, la recepción imprevista de nudes, o, en el caso más violento, el furtivo lanzamiento de fotopollas no solicitadas!): no hay que explicarle a nadie que -λ y -L provienen de conceptos lingüísticos en relación con la teoría de la comunicación o enunciación de enunciados enunciables, si el lector lee pues al menos que no sea perezoso, lo demás da igual, no hay que tener pretensiones y menos aburrir, las dos van unidas.

no hay árboles para justificar todos los libros que la
gente tiene ganas de imprimir o sea
un tópico *todo el mundo tiene un libro dentro*
pues sobrepoblación planetaria x)
o de la industria editorial, desplazamiento de
significado, metonimia, elija usted un libro
nadie tiene derecho a publicar o sea el mundo
editorial no es un mundo por derecho
es industria artificialmente sostenida decís todos
SIN ARTE ACASO PODRÍA VIVIR EL SER
HUMANO pregunto yo
es que acaso vive el ser humano? en plan... te
lo has planteado?
no es lenguaje programático *mais écoute va*
imprimer lo siguiente:
las reuniones de falsos autónomos con cajas y
bicicletas las hemos
decidido entre todos aboliendo aquel decreto
del franquismo, o no sé
ni siquiera si era un decreto, que prohibía y
restringía el derecho
a ser un corro de más de cinco personas en la
calle, no sé si cinco, tampoco
es que haya consultado la legalidad vigente del
franquismo para escribir esto.
hemos permitido la encarnación de un crimen
tal que los consejos de empresa,
que es el terror *[la terreur]* pero repito esto no
es lenguaje programático
esto no es
literatura programática: *no propongo*
alternativas

o sea el capitalismo es una industria artificialmente
sostenida pero fíjate
puedes realmente decir que nos engañen? compara las
estructuras del deseo cada una
de las maneras en que hablamos entre nosotros o nos
poseemos. no sé, yo
voy a publicar excesivos libros en solitario en 2020 y
además justo el día en el cual anuncio
el primero de ellos resulta que empiezo...
una relación ¡SENTIMENTAL!
o sea, estoy contenta y tal. pero no te parece que
imprimir tres libros
quiero decir, no tres libros, ponte varios miles. ponte
varios miles por cada uno.
no te parece tremendamente capitalista? la cantidad de
vuelos que cojo. no te parece que
estoy destruyendo el planeta? te parece todo esto
sostenible? no sé. la huella el carbono el
impacto medioambiental que tú leas este libro te parece
todo esto sostenible? seguro que es
precioso. en estos momentos no conozco la portada no
sé el diseño pero seguro que todo esto
es precioso. seguro que es bellísimo. te parece acaso la
belleza sostenible? o sea yo tengo claro que yo deseo
esto que yo quiero esto pero algo de esto acaso te parece
sostenible?
en plan *estoy contenta y tal*
está muy guay pero
la satisfacción de mis deseos individuales o la
satisfacción de encontrar belleza o
hablarnos entre nosotros, no sé, las relaciones humanas,
las redes sociales, todos estos aviones

la verdad es que cojo un montón de aviones
nada de esto puede durar. lol pero tampoco *propongo alternativas*
voy, de hecho, a prohibir los libros que
propongan alternativas, espera
regresamos:

Reinvidicamos que, en la Declaración Universal de los Derechos Humanos, proclamada por la Asamblea General de las Naciones Unidas en París, el 10 de diciembre de 1948 en su Resolución 217 A (III), no queda recogido el derecho a la escritura de libro alguno que plantee una alternativa al sistema vigente o su superación.
así bien:

[algunas nociones para la estética del siglo veintiuno]

إن شاء الله

o sea aquí viene una exposición de los motivos:
cuánta gente ha llorado el día posterior a unas elecciones
cuánta gente ha sacrificado su vida en medio de una revolución
cuánta gente ha muerto porque hemos llegado tarde
o sea cuánta gente lee un libro y realmente encuentra un motivo para
mantener artificialmente la industria vital sin tratarse de o ser en algún
momento un autoengaño? la noción de *interpasividad* nos enseña que

nos encanta ver y leer aquello que contiene un
matiz rebelde o
antisistema, de algún modo, precisamente
porque
hace que no tengamos que hacer nada
nosotros
no hacemos nada
nada se hace
nada pasa nunca
o sea, lol, tampoco propongo alternativas
no sé, puede ser que tampoco podamos hacer
mucho más allá de
imprimir libros, aumentar nuestra huella de
carbono, el impacto en
la cumbre del clima, drogarnos y estas cosas. vamos
todas dirigidas en el tren de la muerte, no hay stop,
cálmese. *SIN ARTE ACASO PODRÍA VIVIR EL SER
HUMANO?*
yo qué sé; señor, suélteme el brazo.
Reinvidicamos la Declaración Universal de los Derechos
Humanos
qué contiene? misterio
quiero decir si la reinvindicáramos
de verdad esto sería
Literatura Programática
no es ese el propósito, no? *de verdad*

no te parece tremendo? la cantidad de triples que lanzo.
no te parece que
estoy destruyendo este texto? te parece todo esto
sostenible? no sé. la producción de drogas sintéticas las
aerolíneas low-cost que tú leas este libro te parece todo

esto sostenible?
seguro que es precioso. en estos momentos no te
conozco no puedo verte la cara pero
es preciosa tu cara. seguro que bellísima. te parece acaso
la belleza sostenible? o sea
vivimos en una sociedad
es lo que viene a decir la Literatura Programática,
la que hemos prohibido si te vas un poco más
atrás. quiero decir incluso si una persona llora
leyendo un libro
las lágrimas de una persona justifican la explotación
oculta? no sé, hay motivos
por los cuales esto es negro sobre blanco. si fuera otra
cosa no sé muy bien.
imagínate un libro de poesía impacta la sensibilidad de
un violador *lágrimas qué belleza.*
la gran belleza. vivimos en una sociedad. pues quién sabe:
a lo mejor todo esto está justificado y eso es
estremecedor.

ahora tienen otro contexto por lo tanto
me permito un instante
repetir algunos versos:
vamos a construir toda una civilización
empleando miles de cadáveres como cimientos
haremos de este poema una oda a la obediencia
haremos de todos los poemas un elogio de la sumisión
quiero decir si nos somitiésemos de verdad
esto sería Literatura Programática
no es ese el propósito, no?
(de verdad menuda noción)

en fin
tesis final:
nadie tendría que haber encendido el primer fuego,
pero ya es muy tarde, y yo me pregunto
si imaginó *[con piedad]* aquella primera
persona en los tiempos primeros
qué sería de *nosotros,* hoy, en el momento *[hoy*
no es aún todavía]
en que el fuego se extinguiera.

Anexo 2

Cuestiones de belleza léxico-semántica

ANEXO 2

CUESTIONES DE BELLEZA LÉXICO-SEMÁNTICA

Después de la exposición de algunas nociones para la estética del siglo veintiuno, he aquí su puesta en práctica:

ESCENA POST-CRÉDITOS DE LA GUARDIA CIVIL

poseen los hombres la categoría sustrosas figuras del ser-
las/ calamonías diferenciadas la categoría sustrosas figuras del ser poseen.
en una ubicación verticalmente superior (es decir, Dios) los fuegos artificiales
de una pulsión psicológica o el de un juego ártico

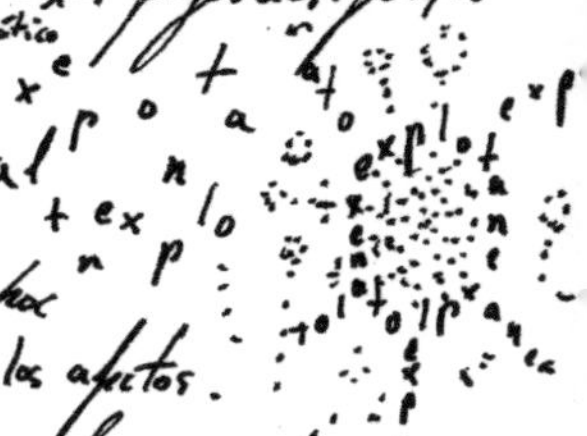

extraen la plusvalía, es decir, post hoc ergo propter hoc
[la masculinidad no admite los afectos.
tienen la cara tan dura, la cara tan dura, la cara tan dura.
cargados de una noción cartesiana minimizada en la nación del siglo pasado
se aproximan otra vez, irremediablemente, por la
[AP-7.
venen, que som gent de pau, y establecen la preponderancia
[de la razón
en devastadoras no-posibles no-caminos no-dichos no-razones
y ataques de ansiedad, y todo eso, etcétera, xanax.

tienen sus métodos para dirigirse camino, no debe usted,
[no quiera dudar.
llevan en el bolsillo, detrás de los ojitos-botones,
toda la cosmogonía de aristóteles, lo supralunar,
[lo sublunar, luego descartes
y ningún arma cargada de futuro, eso es una mierda,
[sabe usted, no debe usted,
que miguel hernández está absolutamente sobrevalorado,
[celaya también.

¡oh ciudad de ~~[illegible]~~ quédate algo más
con nosotros!

¿quién asiste a tu concierto y quién te recordará,
más adelante,
sino como un breve producto cultural,
tan efímero, provocando
algunas consecuencias, tan efímeras, que no obstante
se sucederán un poco tal vez demasiado irremediablemente tarde pronto?

→ son... unreal city.

volvamos.

borromeo nubo de fulgor ocúpase de los piños:
limpia la vulva con babas de estrella de mar.
pero rex, un policía diferente, avanza
escupiendo fuego: allá donde ahora lilit alt-lit, la cabana,
derrumbando el estadio-espejo invicta
la punta del satisfyer del niño-hielo.
en inglés es thaw, es así.

¡oh ciudad de ROSARIA
quédate algo más con nosotros!
la guardia civil se alza otra vez, inevitablemente, por la AP-7
mientras alguien avisa el gran fuego de la historia del mundo.
¡oh ciudad de ROSARIA
quédate algo más con nosotros!
(quién asistió a tus palabras fuck YOU:
quién sabrá en estas líneas el complicado
contexto político, la situación)
en fin, todo esto,
todo eso da igual. la literatura se reduce a
una cuestión de belleza léxico-semántica.

besos.

Anexo 3

El lenguaje militarizado

I

Nos preguntamos si el sonido militar de la palabra, cual bota asfixiante, será suficiente. Nos habíamos acostumbrado a la mala costumbre de fingir: fingir las formas, fingir las maneras, pretender ser aquello que ni se podía ser ni se era; en definitiva, convertir la vida propia en ficción, tratándose siempre las más conseguidas de estas vidas de *literatura.*

Todo esto cambió cuando descubrimos *el lenguaje militarizado.*

II

¿Es posible, cuando no se trata de la lengua materna, poseer, conocer y sentir (en este orden) más palabras que hablen de la guerra que palabras que hablen del amor? La guerra constituye una situación excepcional; el amor es, más veces que no, un hábito. No sé decir como tú dirías *este plato, esta olla, esta sartén,* me verás llamando al platito debajo de la taza de café *un petit plat* cuando se trata de *la souscoupe,* ¿o es la *soustasse*?, quién sabe. Pero conozco bien esta granada. Conozco bien el nombre y la categoría de cada uno de los tanques. Sé identificar inmediatamente el amor que siento por el enemigo y TAMBIÉN es esto una manera, es decir, la mirada es una manera (dentro de las comunicaciones) de decirse *voy a perseguirte hasta la muerte,* ¿y no es *voy a perseguirte hasta la muerte* el significado que va detrás de cada significante en el amor? No decimos, pero: *este presente que es ahora va a perseguirte preterizándose* (parecido a impertérrito, a nivel sonoro) *eternamente y te acordarás de mí y espero que te acuerdes de mí y espero cambiar para siempre tus concepciones de ciertas palabras, de ciertos sentires.*

Todo esto cambiará cuando pongamos en práctica *el lenguaje militarizado.*

y cuando, por consecuencia, te parezca justo
que, por su crimen inmenso, como con los titanes,
castiguemos a todos aquellos cuyos razonamientos
vendrían a remover las murallas del mundo
y del cielo borrar el sol,

todo esto cambiará cuando borremos del
cielo el sol:

After all [...] On Spinoza's account, God does not condemn Adam for eating the apple because the action is wrong; he tells him that he should not consume the apple because it will poison him. For Žižek, this dramatizes the termination of the Father function. An act is wrong not because Daddy says so; Daddy only says it is 'wrong' because performing the act will be harmful to us: [...] if neoliberalism triumphed by incorporating the desires of the post 68 working class, a new left could begin by building on the desires which neoliberalism has generated but which it has been unable to satisfy.

frase equilátera *decadencia cadencia neutra* frase
escalena *cadencia mayor cadencia menor*

Después de todo [...] he abandonado el domicilio conyugal. He tenido esta idea: imagínate unos disturbios sin final unos disturbios eternos imagínate una revuelta eterna que

no se acabe nunca queno se
acabe nunca sería algo así:

III

ABRIL ES EL MES MÁS CRUEL, CRIANDO
LIRIOS DE LA TIERRA MUERTA, MEZCLANDO
LA MEMORIA Y EL DESEO, REMOVIENDO
MEDIOCRES RAÍCES CON LLUVIA PRIMAVERAL.
el mes de los principios es octubre, intacta
emoción nefelibata castigando, soñando
ejemplares y absolutas restauraciones, al ser humano
otorgando fuego el equivalente a la nada las
avesal deseo a al deseo
democrática poemas legitimidad: elija
usted entre de la dos no se acabe nunca
no se acabe nunca

he aquí su acta de eurodiputado tómela usted
he aquí su vuelo en clase business tómelo usted
he aquí su acceso al salón vip del aeropuerto parís-orly
tómelo usted
etcétera... cuántas injusticias involucradas
en la escritura de este poema supuestamente woke
tampoco soy eurodiputada así que no sabemos
cuántas de estas injusticias han sido realmente cometidas
pero acaso la verdad fue nunca lo importante?

Hagamos del lenguaje un arma para construir mentiras:

IV

la primera mentira es clasificar los hechos que aquí se desvelan de *excepción.*
la *excepción* habrían de ser el resto de días: sí, sí, ¡nos

encontramos en una situación excepcional! nuestras vidas cómodas aparecen sostenidas por los hombros de tantos muertos de hambre que deambulan por nuestras calles. los hechos aquí desvelados no son una revuelta anticapitalista lol *más faltaría* de eso ya no hay, pero este momento vital de las calles ardiendo no habría de ser excepcional, no, no, pues no es esta la verdadera guerra o la verdadera revuelta: la verdadera revuelta se libra todos los días; leyendo este libro usted participa de esta gran guerra. elige tomar parte. parte por quiénes? en fin, parte por quienes leen: que son, en definitiva, quienes no hacen nada tampoco. qué cambia usted leyéndome?

qué componente del mundo modifica

usted leyéndome? ya que está podría masturbarse, poco me importan sus genitales, seguir leyendo esto y masturbarse. podrá comprobar si desliza los dedos entre algunas páginas que la visión externa que puede proporcionar una tercera persona de los dedos entre páginas levantadas de un libro se parece mucho a los dedos entre los labios de... ya sabe, ya sabe, tengamos cierto pudor. la decisión [participar de esta gran guerra] fue bien impúdica, tengamos cierto pudor ahora.

NO PLANTEO ALTERNATIVAS

¡faltaría más! ¿quién te crees que soy? *no te voy a sugerir que hagas nada.*

NO PLANTEO ALTERNATIVAS

¡FALTARÍA MÁS!

NO PLANTEO ALTERNATIVAS
NO PLANTEO ALTERNATIVAS
NO PLANTEO ALTERNATIVAS
no creo en las alternativas,

creo que todo es de una manera,
así como debe ser siempre,
hasta que el fuego se extingue y
alguien
empieza un nuevo fuego, en
el primer instante,
o en los motores del avión alguien
empieza un nuevo fuego.
¿y pensará esa persona acaso
qué será, en un futuro, de quienes
nos sobrevivan hasta ver cómo
ese fuego se extingue?
NO PLANTEO ALTERNATIVAS
NO ENCIENDO FUEGO ALGUNO
yo no soy la autora de este poema.

¡faltaría más!
este es el lenguaje
militarizado:
el silencio.

no tengo absolutamente nada que deciros,
y por eso.

¡he ahí la respuesta:
el silencio!

yo no soy la autora
de ninguna de mis palabras.

V

Constatando la ausencia de interlocutores válidos
(y la presencia, no obstante, *irremediable*

de sus firmas), procedemos a la lectura final de las condiciones:

et D'un geste significatif / nous pointâmes /
simultanément / nos index
y En un gesto significativo / apuntamos /
simultáneamente / nuestros índices
Le mien / sur ma tempe / le sien / sur la sienne
El mío / sobre mi sien / el suyo / sobre su sien

(y esto es justo, pues yo no me he atrevido
a ser juez, y he escogido palabras otras
que las mías para hacerlo).

¿En qué me voy a desdecir?
En ningún momento hubo la pretensión
de escribir una poesía urgente. No empecemos
[al menos no así]
a acusarnos. Al trabajo (plantear posibilidades)
no hice esfuerzo de acudir. El interés
de un libro así es mostrar la ausencia de interés
en un libro así; ya no se escriben libros buenos.
Shantihficado sea tu nombre: voy a desdecir
todas las palabras ya dichas: *shantihficado*
sea el cuerpo poético: *shantihficadas*
sean las repeticiones:

mañana dejarán de arder las calles,
la revuelta infinita
se revelará como una ilusión,
caerá el más seco de los silencios,
y seremos todos obscenamente conscientes
de que ningún desgraciado se atreverá
a hacer de esta ciudad una tierra baldía.

Ningún desgraciado.		[al menos no así]

FIRMA:
este libro no habrá cumplido su función
hasta que sirva
como lumbre,
encendiendo un fuego,
en alguna barricada, en
otra ciudad infinita:
entonces, todo esto
estará justificado,
pero nadie se atreverá.

que vuelvan a empezar
las revueltas de octubre,
mes de los principios.

La primera edición de *Excepción* se terminó de imprimir
en España el 19 de enero de 2020. Ese mismo día
de 1824, Lord Byron declaraba que «el placer de quemar
sus palabras no era menos grande que el de imprimirlas».
Por decisión del editor John Murray y de su albacea
y amigo Thomas Moore, sus memorias fueron
quemadas definitivamente, después de su muerte.
En la chimenea ardían, juntos, todos los prejuicios
de una época.

◆ ◆ ◆